새를 키우고 싶은 개가 있을 겁니다

김 륭 시집

상상인 기획시선 6

새를 키우고 싶은 개가 있을 겁니다

시인의 말

내 마음이 하는 일이다.

돼지와 비를 데리고
걷기.

한 마음이 한 마음에게
가서 우는,

살.

김 륭

3부 돼지와 비

4부 서로 등 돌리고 앉아서 누군가는 빵을 굽고 누군가는 빵을 먹고

1부

잇음

탕평
– 첫사랑 생각 말입니다

나는 이렇게 합니다.

이따금 비행기 타고 개미 보러 갑니다.

집으로 가던 길 툭, 끊어먹고
내 심장에 굴을 파고 들어앉아 상전이었던

그 개미 말입니다.

아직도 부끄럽냐고 말하면 당신은 가만히
벌레 먹은 웃음이라도 꺼내
얼굴을 돌보겠지요.

그러게요. 나는 그 웃음 좀 보러
비행기를 탄 거고요.

잊음

그녀는 생선과 단둘이 남았다*

나는 이런 문장이 참 마음에 든다 사방이 쥐 죽은 듯
고요해지고 기다렸다는 듯 난간이 생긴다
나는 누워 있고, 그녀는 생선과 함께 난간 끝에
위태롭게 서 있다

그러나 어떤 고요는 말이 아니라 살이어서 그녀는
생선과 모종의 이야기를 길게 나눌 수도 있다

나는 그녀의 몸에서 비릿하게 흘러나오는
고백의 냄새를 맡는다

그녀가 울고 있다 가라앉고 있다
그녀와 생선을 둘러싸고 있던 모든 사물들이
물소리를 내기 시작했다 그녀는 무사히
가라앉을 수 있을까

어쩌면 그녀는 자신이 생선을 낳았다고 생각하는지
모른다 나는 석쇠 위의 생선처럼 몸을 뒤틀며

20

마음을 일으켜 세운다

그녀가 메기나 미꾸라지처럼 좀 기분 나쁘게 생긴
어떤 남자가 아니라 생선과 단둘이 남았다는
이런 이야기가 나는 정말
마음에 든다

그러니까 한 마리 혹은
두 마리, 세 마리, 여러 마리 생선처럼
내 속 깊은 곳으로 들어와 살아서
잊힌 그런 연인이 내게도
분명 있었다

* 리디아 데이비스, 『불안의 변이』 P61 「생선」 중에서.

장마

앞에서
옆에서
뒤에서

그렇게 동그랗게 나를 지켜본 울음 속엔
땅을 옮겨놓을 자리가 없어서

걷기, 지피식물처럼
되도록 멀리

훗날
나는, 내가 그 어디에서도 살았던 적이 없어서 참 고
마운

그런 사람이었는지 묻고 싶을 때가 온다던데
지금이 그때

택배상자처럼 부서진 이마, 뼈가 자라는 발코니⋯⋯,
서랍 속에 넣어둔
빗소리

22

〈

당신이 보낸 적도 없고 내가 받은 적도 없는

생각은 울어줄 수도 없다는데

지루하게 쏟아지는 앞과 뒤를 펼쳐 들면
옆으로 달아나는 걸음걸이

같이 죽거나 살자는 것도 아닌데

생각나는 사람 자꾸
없는 사람

속옷만 한 고양이가 없다

속옷만 한 갯벌이 없다. 가끔씩 나는
파도의 얼굴을 가진다. 밥보다 밤이 필요한 날이 많아서
배가 들어오면 볼이 빨개지는 섬 아이처럼

해 질 무렵이면

나는 살금살금 내 바깥으로 나간다. 늙은 얼룩 고양
이를 닮은 저녁이
담장 위로 모여든다. 이미 나를 포기한 비파나무와
너무 늦은
불빛을 가물거리는 고깃배와 함께

이러다간 전생까지 젖어버릴지 몰라요.
속옷처럼 살긴 싫어요.

가슴으로 숨어들지 못한 내가, 매일 밤 젖은 양말처럼
갈아 신어야 하는
내가 점점 미쳐 돌아가는 세상과 맞물릴 때마다
남도의 어느 작은 섬을 까맣게 뒤덮은 까마귀 떼 사이를
솟구쳐 올라 울곤 했다.

⟨

아무래도 속옷만 한 고양이가 없다.

젖은 그림자를 입고 수염 가득 공중도덕을 매달고 오
는 고양이처럼 살거나
달포를 푹 삭힌 홍어처럼 살거나 아무렴 아무도 읽지
않는
무명 시인의 시집처럼

죽은 듯 살아남기. 속옷만 한 섬이라도 있으니까

세탁기 속에 던져 넣었던 팬티 다시 꺼내
입에 물고,

울음만 한 속옷이 없다.

나를 엿보던 얼룩 고양이가 스르륵
파도의 얼굴을 벗어던지고
있다.

백지

마음이 흙으로 빚어졌다는 걸
알고 난 다음 날이면 뭐든 말할 수 있고
쓸 수 있을 것 같다. 그게
눈을 감을 때마다 왔다 가곤 하던
귀신인들,

백지에도 창문이 있다는 걸
이제 겨우 알았는데 자꾸만 누가
닫으려고 해요.

도자기에게 축하받을 일

막 태어난 순간의 얼굴을 기억하지 못하는
까닭입니다. 나는 가끔씩 내가 죽을 때의 얼굴을 구
워놓습니다.
거울을 볼 때마다 하나씩 꺼내 닦아놓습니다. 망치
로 박살을 내기도 합니다.
내 안에 구덩이를 파고 묻는 죄가 흙으로 얼굴을 구워
출토되는 날도 있습니다. 그런 날 아침엔 꼭
미역국을 챙겨 먹습니다.

어떤 생각은 미리 보는 기억 같습니다. 머리가 희고
피부는 더 하얘서
밤에게 미안해지는 날도 많습니다. 오늘은 모처럼
발굴 작업 중입니다. 입이 자꾸 열립니다. 베개로 막
고 안 되면
머리로도 막아봅니다. 이런 날은 정말
열심히 사는 사람입니다. 또 하나의 얼굴이 구워지
는 동안
살아 있는 척 죽어 있습니다.

닭 타기

난 나름 잘 살았으니까
잘 죽어야 한다.

이런 생각을 하면 어딜 급히 가야 할 데가
생긴다. 그곳이 어디든 앞이 아니라 뒤로 가야 하는
곳인들
그렇게 나쁠 것 같진 않다.

모르는 사람이 되었다가 반갑게 다시 돌아오기 위해

치킨 어때?

손바닥만 한 원룸을 울리는 그녀의 목소리가
조금 떨렸다. 먹고 싶은 게 다 없어질 때까지 닭과 함께
사람으로 남아 있겠다는 듯

마주보고 앉아 치킨을 먹을 땐 서로 도와줄 일이
딱히 없어서 자주 웃는다. 일회용품처럼
닭을 쓰고 버리듯
〈

내가 돌아올 때까지 거울을 잘 지키라고, 닭으로 변하면
어쩔 거냐고 물어보진 않았다. 나는 날개 한쪽을
쥐여준다.

마음이 죽은 척할 때가 있다. 사랑을 실천하기 위해
주문 30분 만에 산산조각 나는 몸과 함께 구워져
어디론가 떠나기 위해

이젠 꿈속보다 더 까마득해져가는
그 옛날, 외할머니 집 닭장에서 졸고 있던
닭이 달려오고 나는 또 급히
갈 데가 생긴다.

그곳에서 나는 사람을 그만둘 것이다.

껍질을 깨고 나오기 싫은
알이 될 것이다.

눈사람의 목소리라고 생각할게요

어떤 말은 물을 닮았다. 흐르면서 시작되는
마음의 피부를 만지는 기분

난 왜 이 모양일까? 그녀가 말했을 때 나는 너무 당
황한 나머지
밤이 된 줄도 몰랐다. 난 왜, 라는 그녀의 말속으로
들어가
빈 화분처럼 앉아 있었다. 마음이 아파하는 소리가
눈송이처럼 잠시 모였다가 흩어졌다.

너무 먼 곳은 아닐 것이다. 눈사람의 일을 대신하기 위해
태어난 사람이 있어서 나는, 나보다 더 사랑을
살아보려 했을 것이다.

그녀의 입에서 나온 이 모양은 어떤 모양일까?

막 끓기 시작한 라면 냄비 속에서 가만히
늙고 병든 바람이 무화과나무 잎사귀 만지는 소리를
건져 올리는
그런 밤이 있어서

〈

그녀는 나를 떠나 눈사람이 되고 싶었는지 모른다.

눈과 사람 사이 어디쯤 지옥이 있겠지만 끝내 사랑을 지키는,

그래요. 마음에게도 시간을 좀 줘야 하니까요.

속옷을 빨아 드라이기로 말리듯 건너오는
그녀의 슬픔은 지나치게 겸손해서 마음이 죽어가는
소리도 다 들리는 것 같았다.

눈사람의 목소리라고 생각할게요.

물을 닮은 말은 식물처럼 걷는다. 몸보다 먼저
마음이 하는 일이다. 어디쯤 가고 있을까? 그녀가 했던 말을
오래된 눈송이처럼 다시 만져보는
그런 밤이 있다.

키위

또 혀가
땅을 보러 나왔다.

안전해지려고 뿌리 뽑히지 않으려고 키위, 키위, 하고
운다. 흔들리거나 무서울 때마다
숨기도 하면서

굉장하다, 당신! 울 엄마.
두 눈은 단추처럼 잘 붙어 있다. 깜빡일 때마다
멀어진다.

점점 어두워져가는 물속을 들여다보듯
거긴, 한 방울이라도 흘리면 안 되는 하늘이 떠 있다
는 듯 턱받이 하고
누워만 있는 당신 혀 위에 으깬 키위를 올려놓기 위
해 여동생은
병상침대를 일으켜 세우고, 할 일이 별로 없는 나는
낮달처럼 자꾸 희미해지고

너, 너무 으, 으깨서 아, 아무, 아무 맛도 안 나.

내, 내가 뭐, 새, 새도 아, 아니, 아니고.

아이고, 울 엄마, 아니지, 아니지, 새 아니지.
엄마, 아— 하면 아— 하고 으깬 키위와 함께 혀를
고분고분
다시 넣는

더 이상 뇌가 말을 듣지 않게 되었다는
당신, 날개도 꼬리도 없이 죽은 새의 그림자 곱게
차려입고 땅을 가지러 나왔다.

어쩌나, 여긴 요양병원이고 어쩌나, 나는
땅은커녕 집도 없는 슬픔이 있어서

이미 한 줌 흙의 도움을 받기 시작한
당신의 혀 위에서 허둥지둥

또 으깨지는, 낮달
한 조각

로켓 어항

녹슨 물고기가 물을 데리고 걸어 나왔다.

어항에 문을 그려주자 생긴 일이다.

급히 전화를 넣었다. 나는 물이 필요했지만 그렇다고
물이 되긴 싫었다.

아직 갈 곳이 한 군데
남은, 나는

나는 이제 막 식물이 된 것 같은 사람이었다.

녹슨 물고기에게 나눠줄 먹이와 과거는 있었지만
사랑과 미래가 없었다.

여보세요, 란 말을
어항처럼 안고 또 없는 당신의 안부를 묻고 있다.

살아온 날들을 뒤돌아볼 때마다 그랬다.
로켓으로 만들어진 어항이 있었다.

〈

나는 몸이 죽고 난 뒤의 얼굴을 떠올렸다.

끝까지 돌보지 못한 마음에서
녹슨 물이 뚝뚝 떨어졌다.

라디오존데radiosonde

닭이 죽었다.

날개를 동그랗게 말아 쥔 달걀의 것이든 닭을 치던 사람의 것이든
　이미 갑작스러운 죽음에 익숙했던 닭은 마침내
　다정을 말하고 있다. 저만치 치킨집 낮은 지붕 위에서 노릇노릇
　튀겨지던 하늘이 닭의 바닥으로 내려오고, 나는 물이 되어
　어둠에 섞이고 있다.

　행성의 지위를 잃어버린 명왕성쯤에서 보면
　내가 입고 있는 팬티가 죽었다고 비를 내려보낼 수도 있을 것 같은
　저녁, 나는 내가 아는 모든 인간들의 머리를 물웅덩이처럼
　밟고 다니기 시작하는 것인데

　왜 그런 날 있잖아요. 누군가 놓친 풍선이 된
　기분, 누군가 내가 태어나기 오래전부터 나를 기다렸고

너무 늦었다는 듯 나를 높이 던졌고
나는 바닥으로 널브러졌고

그때부터였을 것이다. 나는 몸을 들락거리는 마음의
흔적을 보려고
병든 닭처럼 하늘을 올려다보았을 테고, 그러다
내가 없는 곳으로 기울어지는 몸을 염소자리나 물병
자리처럼
받아쓰기 시작했을 것이다.

정말이에요. 살아 있는 동안 한 번쯤은 감쪽같이
하늘도 땅도 없는 곳으로 사라지고 싶었어요. 라면
냄비 속으로 풀어놓는
동물복지 달걀처럼, 생각보다 잘 보여서 뜨겁고 그
만큼 어둡고
아픈 날들이 이어지고

닭은 죽으면 죽을수록 다정해졌다.
천변 어딘가 닭과 내가 들어가 살 방이 있는 까닭
때문일 것이다.

神의 이름이 닭발처럼 쏟아질 것 같았다.

GPS를 달아도 정확한 위도와 경도, 고도를 측정할
수 없는
마음에, 새의 무덤처럼 나도 몰랐던 나의 요새要塞에
휘-휘- 영원이란 말을 풀어놓는 시간, 남은 게
이것밖에 없네. 한 줄도 남기지 않고
줄게.

—비.

지치면 미칠 수도 없다는 이야기를 나는
하늘에게 해주었다. 라면냄비 가득 빗소리가
끓고 있다.

• 대기 상층의 기상을 관측하는 장치.

리스크
 − 젖은 베개

이젠 좀 쉬고 싶다고 말했다

나는 눈과 귀를 닫고 가만히 베개를 끌어안았다 갓
난아기처럼

그러나 베개는 하던 말을 계속 이어나갔다

혼자 좀 있고 싶다고 말했다

神이 무덤 속에 베개를 넣어주지 않는 것은 살아서
지은 죄를
머리에서 가슴으로, 스스로 옮겨야 하기 때문이라고

울면서 말했다

오프너

입이 닫힌 새를 열면
풍덩, 하고 뛰어들어 우는 사람 서넛쯤은
발견되겠지

키스 후 그러니까 달콤하다는 말이 미세먼지로 전이
되는 순간
병뚜껑 모양으로 죽은 별이나 마른 똥이 떨어지듯
사랑 떨어지는 소리

죽기 싫어서 살고 싶지도 않은 새의 기분
두 개의 다리보다 긴 목을
가진,

몸이 마음을 망칠 것 같진 않아 언제나 그랬듯이 내일은
운이 그리 나쁠 것 같지도 않고

이런 노후라면 안심이야
꽃무늬벽지처럼 입에 착 달라붙어 떨어지지 않는
전쟁냄새
〈

엉엉 목 놓아 울어본 게 언제인지 GS25 편의점 앞에서
눈을 딱 마주친 아이, 아홉 살쯤 되는
모르는 아이인데 안녕하세요, 입을 여는 순간
아는 아이가 되는

테두리가 쭈글쭈글해진 눈빛 어딘가에
믿을만한 구석을 가진 목소리, 나는 웃었다 탁, 하고

죽으면 좀 심심할 것 같아요

긴 목을 거꾸로 세워 마구 흔들어도
꺼낼 게 없는 빈 병처럼 빨간 플라스틱 의자에
앉아

닫힌 입을 열린 입으로
꽉 눌러놓고

2부

식물복지

병어瓶魚

울 수 있을 만큼 울어서
녹이 슬면 더 잘살 수 있을 것
같았다.

이건 머잖아
물고기처럼 발견될 나의 마지막
믿음.

스위치

새를 키우고 싶은 개가 있을 겁니다.

목줄 묶인 개일수록 더 많은 새를 키울 겁니다.
새를 키운다고 개가 달라질 일은
없을 테지만,

개와 새 사이에 빈 화분처럼 앉아 있습니다.
인근 주민들이 힐끗힐끗 쳐다봅니다.

특별히 잘못한 일도 없는데 얼굴 들고 살 수 없는
날이 있습니다.

식사는 하셨어요? 이런 말만 하지 않으면 된다고

또 다리를 떨었습니다.

마음이 조용히 무너져 있습니다.
나는 아무래도 시 같은 걸 써서는 안 되는
사람입니다.
〈

기다리던 자식 대신 치매가 찾아왔다던
옆집 할머니가 이사를 갑니다. 개를 데리고 갑니다.
개가 키우던 새는 두고 갑니다. 할머니가 이삿짐을
푸는 동안
개는 새로운 새를 키울 겁니다.

끝이 없는 줄 알고 시작하는 게 사랑이어서
가끔씩 나는 식물입니다. 뿌리를 내리고 살진 못했
지만
모르는 것보다 새로운 것은 없습니다.

개를 키우고 싶은 새도 있을 겁니다. 더 이상 갈 데
가 없는
나는 이제 있어도 그만 없어도 그만입니다.

이쯤에서 그만 돌아가세요.

무너진 마음의 벽을 더듬는 순간
밤이 하는 말입니다.

식물복지

개가 산책을 할 때 새는 기도를 한다.
그녀가 말했고 나는 웃었다.
식물처럼

새는 왜 새가 되었는지 개는 왜 개가 되었는지 잘
모르겠지만 새와 개는 마음이 잘 통할 것 같다. 그렇
다면 나는 새와 개 사이에 놓인 커다란 구멍, 누가 돌
로 구멍을 막아놓았는지 모르겠지만

나는 말을 잘 듣지 않는 커다란 돌처럼 고개를 들어
올리면서
새를 본다. 새는, 개와 잘 놀아줄 것 같다. 이런 생
각은 가능하면 하지 않는 게 좋다는 말은 나보다 늙
은 배롱나무에게 들었다.

내가 있어도 외로워?

외롭다는 말은 마음이 식물처럼 걷는다는 말!

배롱나무는 너무 자주 머리를 긁는다.

〈

　그녀와 내가 개와 새처럼 걷다가 잠시 멈춰 서 있을 때였다. 마음을 내려놓는 순간 죽을 수도 있다고 바람이 말했다. 나는 바람과 말이 잘 통한다. 빌어먹기 딱 좋은 이 말을 나는 그녀에게는 한 번도 하지 않았다.

　그러니까 내가 했던 대부분의 연애가 실패로 돌아간 건 태어날 때부터 식물적인 감각이 없었기 때문. 나는 그녀 그림자 밑에 발을 넣고 걷다가 여우비를 떠올렸지만,

　죽었지.

　마음과 마음은 더 이상 마주치지 않을 거예요.

　저만치 팔랑팔랑 앞서 걷는 노란 나비를 보고 개가 펄쩍 뛰어오르고
　새는 또 기도를 하고, 나는 뒤를 보고 열심히 걸었다.

　바람이 오기 전에 잎을 내려놓는
　식물처럼

탕기 영감과 나[*]

그러니까 자꾸 몸을 흘러내리는 낡은 마음이
바람의 음식이란 사실을 눈치챈 후 나는 나를 떠났
지만
아무 곳으로도 가지는 않았다.

누군가의 마음 위로 몸을 기울여 입을 쏟아내던 순
간마저
나는 너도밤나무 그늘 밑에 앉아 젖은 그림자를
무릎 위에 올려놓은 듯 평화롭게 그리고 달을 잃어버린
밤처럼 가난하게

정말 이렇게 사는 게 아니었다고 자신 있게 말할 수
있는 나는
내가 부러워 양말처럼 돌돌 말아 던져놓은
울음 곁으로도 기어가지 않았다.

이러다간 물이 우는 소리를 덮고 자야겠군.

입안 가득 이끼가 자랐고, 그때마다
너무 오래 기다렸다는 듯 탕기 영감은 말한다.

〈

가족처럼 드나들던 바람마저 등을 돌렸군.

둥둥 떠다니는 세상의 그림처럼** 나는 더 이상
불을 피울 수 없는 구조다. 마음이라는 물감이 몸을 타고
흘러내릴 때마다 발가락이 하나씩
부풀어 올랐다.

탕기 영감과 나는 제각기 방주에 앉아 밤의 밑바닥을
손보는척하지만 사실은 아무것도 하지 않는다.

   빌어먹을, 탕기 영감의 밀짚모자는 내가 양동이처럼
들고 있는
   정신적 고통을 무척 기뻐하는 듯 보인다.
   나는 집안의 식물들이 내 비명소리를 먹고 산다는 사실을
   믿을 수 없어서

   나는 내가 외롭지 않도록
   나를 지나치고, 나는 밤보다 멀어지고
   그렇게 내가 나를 찾지 못한 지경에 빠질 때마다

탕기 영감은 또 말한다. 훌륭하군. 발을 땅에
붙이지 않아도 충분히 먹고살 만큼
아주 훌륭해.

나는 나비의 날개를 얻은 늙은 거미처럼 감동에 젖어서는
탕기 영감에게 전한다.

그러니까 말이에요. 몸은
그믐달 같은 마음을 데리고 빈둥빈둥 먹고살기에
참 좋은 장소죠.

* 빈센트 반 고흐, '탕기 영감의 초상'(1887~1888, 캔버스에 유채,
92x75cm, 로댕 미술관)에서.
** 우키요에(浮世繪).

새의 시간

입원가방 챙겨놓고 옷을 입는데
바지가 크고 헐렁헐렁하다. 언제부터였을까?

살이 도망갔다. 바람 든 뼈라도 꼭 움켜쥐고 달라붙
어 있어야 할 살마저
도망치게 한 나는 뭘까. 도망친 12kg의 살덩이를 따
라가다 보면,

식탁에 새가 앉아 있다.

훌쩍, 나를 떠나던 당신이
남긴 과거였을까.

살이 빠졌는데도 가볍기는커녕 되레 무겁다.
죽음의 무게

나쁜 인간!

보인다. 어둔 식탁에 들었다 밥풀 하나 부풀려놓고
사라지던 짧은 햇살의 육추, 이빨이 사나운 짐승도

아닌 새가 나를
　다른 사람도 아닌 내 살을 소리 없이 뜯어가는
　투명, 병아리눈물만큼의 배수진. 그렇고 그렇게 또
살아지는
　방식, 돼지머리를 가진
　새의 시간.

　그것은 두 손을 가슴에 모은 기도와 같아서
　아프다, 마음에도 하얗게 드러난 뼈가 있다는 듯
　뼈아프다는 말을 가만히 새처럼
　쥐어보는 아침.

　새의 시간은 자주 막혀서 나는 여전히
　나쁜 인간으로 남아 있고

　사는 일이 아득하고 아득하다 까마득해져서는
　먼 곳에서 아주 더 먼 곳으로 도망쳤던 살이 돌아오
는 소리가
　들리기도 한다고,
　〈

12kg의 살에게 부칠 항암편지의 첫 문장을 쓰다가
　　그만 온몸이 오싹해져서는 쉿! 찬물에 밥 말아 먹는
것으로
　　추모를 대신해보는 것이다.

토끼 설명회

토끼는 어디론가 떠날 때마다 거기에 토끼를 두고 간다고
토끼가 말했다.

엄마가 콕콕 쪼고 있다.
아이가 계수나무처럼 단단해지고 있었다.

우리 엄마는 왜 저 엄마처럼 저렇게 나를 쪼지 않았을까.

집을 떠난 지 오래된 마음이 몸을 껑충 뛰어넘어
어디론가 달리기 시작하는데

곧 돌아올 거예요. 돌아오지 않더라도
보일 거예요. 밤보다 어두워진 과거나 미래 뒤에 숨어
외로움을 견디는 게 마음이라면 앞다리가 짧아
수갑도 채울 수 있을 거예요.

뛴다. 귀를 쫑긋거리던 아이가 내 마음을 이어받아 이
리저리 굴려보더니
    갑자기

나는 너무 많은 아이를 두고 왔다는 생각이 든다. 뭐
라 설명할 수 없는 내가 너무 많아 나무와 함께 뛰어야
한다고, 딱따구리도 아니면서 딱따구리처럼 쪼아대던 엄

56

마를 계수나무에 가만히 매달아 놓고 한참을 서 있는데

  토끼가 아니었으면 좀 나았을 텐데……, 마음이란 거.

  이건 언젠가 거북이에게 들은 말, 그러니까 어떤 사람에겐
슬픔 또한 욕망의 일종이라고 앞니가 빠진 듯 실실 웃다가
문득 몸으로 확 깔아뭉개버리거나 그림자로 덮어버릴 수 있
는 게 마음이라면 어때? 지금보다 더 병아리눈물만큼이라도
더 잘살았겠지.

  더 이상 내려놓을 눈물마저 없어 십 년째 누워만 있는
  엄마 보러 요양병원 가는 길, 앞서가던 토끼가
  힐끗 뒤를 돌아본다.

  여기까지 데려와 줘서 고마워.

  계수나무에서 떨어진 그믐달처럼 누워 있는 엄마 병상 앞에서

  흰 토끼가 검은 토끼에게
  짧게 말했다.

행여 잊으신 마음은 없습니까?
– 밤 버스

몇 사람이 졸고 있다 많이 피곤했는지
차창에 머리를 부딪혀가며

어차피 가는 노선은 정해져 있다

새로 생긴 식당이나 학원, 성형외과 간판이
길을 비틀거나 차창에 붙어 있는 풍경을
바꿀 수는 없다

머잖아 도착할 것이다

가족들이 기다리는 따뜻한 집이거나
노숙자들이 깔고 앉은 신문지 위의 날짜를 지나

차창에 머리를 세게 부딪혀가며
왜 여기까지 왔는지 몹시 궁금하겠지만
이미 늦었다는 걸, 설령 늦지 않았더라도 뭔가를
내가 왜 나인지를 이해하는 일조차 버겁고
생각할 게 너무 많아 무겁다는
사실을 알게 될 것이다

〈
곧 도착할 것이다

내가 나를 알아볼 수 없을 만큼 깜깜한 곳에
머리를 베개처럼 내려놓을 것이다

행여 잊으신 마음은 없습니까?
몸은 다 내리셨나요?

먼저 도착한 사람들이 많이 기다렸다는 듯
머리를 들 것이다 함께 버스에 내린
밤을 잠시 바라보다 씨-익 한번 웃고선
이내 다시 파랗게 녹슨 잠을
청할 것이다

곧 갯벌

조금만 더 멀리서 보면
당신을 불태우기 위해 부숴놓고 온
내 이마

위

노을을 반바지로 입은 노인
지켜만 보던 바다로 뛰어들 결심에 다다른 마음, 이
미 여러 번
뛰어들고 남은
노인을 받아들고 바다는 나도 늙었구나, 하고
뺨을 때렸을지 모른다고
또
뜨거워져 하염없는 눈썹 밑으로 푹푹
발을 빠트리거나 밀어 넣는 것
다 쓰지 못한 사랑이 파도를 사용하는 법 땅을 얻는 법
그래 갯벌
바다가 숨기고 있던 보법
심해물고기들이 호주머니 불룩하게 숨겨놓았던
마음

〈

늙는 게 최선이어서 늙었을 것 그렇다면
최선을 다해 죽을 수도 있을 것
당신을 향해 내딛던 순간 푹푹 **빠졌던** 두 발
망둥어나 키조개에게 나눠주고
조금만, 조금만 더 울면
아름다웠다고 속삭일 수도 있을 텐데
당신 또한 아플까
문득, 이란 말로 다시 시작되는 마음의 전부
아무래도 나는 사람이 아니라
망둥어*

저만치 곧
갯벌

* 망둑어의 방언.

크리소카디움

가끔씩 빈 화분을 물끄러미 바라본다
내가 들어가 살만한 곳인가?

꿈에

개가,
새가 되는 꿈을 꾸었다

아마도 그때부터 나는 공중에서 자랐다

누군가가 공기 중에 보석처럼 박아놓은 울음을
볼펜처럼 입에 물고 똑딱거리다 보면
발등 근처에서 무성하게 자라는
첫사랑과 친해져서는

세상을 빈 화분으로 만들 수도 있을 것 같았다

화분 속에 새가 된 개를 키우며
나는 모르는 사람이 된 나를 펄펄 끓이며
어쩔 줄 몰라 하면서

비가 오는 날이면 온몸의 뼈만 남겨 걸어보기도 하면서

〈

그러니까 그때
이미 심장을 개처럼 다 부려먹은 탓일 것이다

아마도 이젠 아무도
내게 이별을 가지러 오는 사람마저
없어서

* 앤 카슨, 「많이 사랑받는 기쁨에 대한 짧은 이야기」 중에서.

종이도자기

누구나, 당신 또한
그렇다

항상 옳았지만 스스로 잘될 거라고 믿었지만
위로받을 수 없는

마음

뒤가 있는 걸까
있다, 분명 마음에도 뒤통수가 있어서
깨진다

내 안의 놀라움, 접히기도 하고 깨지기도 하는
종이도자기

마음먹다, 로 시작해 마음먹다, 로 끝나는 이야기의
목격자

깨지지 않기 위해 접는 마음
먹는 마음

야구모자보다 더 깊게 눌러쓴 얼굴 속의 뒷걸음질

접히지 않는 거라면 깨질 때가 온 거라면
그래야지 놔둬야지

땅을 가질 수 없는 마음 처음부터 끝까지

어떻게 혼자
두냐? 도시락도 아닌데 죽을 만큼 고생하다 남긴
마음인데

울어야지 그래야 사람이지, 하고
또 없는 듯 오직 혼자

있다

고마리

도넛 사러 갔는데
도넛은 다 팔리고 도넛 구멍만 노랗게 남아 있다.

도넛 대신 찹쌀꽈배기를 살까, 하다가 남은 구멍 몇 개
포장해달라고 했다. 선물할 거니까 되도록
도넛이 낳은 알처럼 보이게

눈을 뜨면 마음이 다칠까 봐 나는 두 눈 꼭 감은 채로
구멍과 함께 그녀에게 갔다.

희미하지만 분명히 나는 기억하고 있다. 엄마 배 속에
들앉아 있을 때
마음을 만져보고 도넛처럼 먹어본 것도 같다.

둘이서 살을 섞을 만하면 찾아오던 바람도 어떤 날은
모태신앙에서 갈라진 종교의 일종 같아서 방금 낳은
알처럼 따뜻하게
손에 쥐어보는 날이 올지 모른다.

그러니까 이런 생각을 도넛이 다 팔리고 남은 노랗고

따뜻하고 착한

　도넛 구멍이라고 한다면 나는, 내 마음을 화분에 심은
　덩굴식물처럼 데리고 다니다가 가만히

　그녀의 입에 넣어줄 수도 있을 것 같은데
　나는 아직 그녀가 좋아라, 하면서 하늘을 폴짝 뛰어오
를 만한
　이름을 짓지 못했다.

　이삭여뀌, 며느리배꼽, 미꾸리낚시……, 나는 자주
　물가에 나갔다.

　고마리˙ 옆에 앉아서
　아무도 모르게 남겨진 구멍처럼
　울었다.

　* 수질이 나쁜 곳에서도 잘 생장하는 특성 때문에 물의 오염 정도
를 파악하는 식물로 이용된다.

지하수

또 병원 갔다.

나는 아프지 않은 날보다
아픈 날이 더 많은 세상을 살기 좋은 세상이라고
생각하게 된다.

그림자가 하얀 가운을 입고 문밖에 서 있고
침대 밑에 사는 밤이 잠을 물처럼 불러
노란 알약을 먹이는,

두 손을 물고기 모양으로 풀어놓고
나는 물새가 된다. 물이 끓을 때마다 발을 번갈아
들었다 내려놓길 반복하다 보면
우는 사람이 되어

마음도 걷는구나, 하고
식물처럼 걷기

그게 누구든 언젠가는 죽는다고 생각하면
잠이 잘 온다. 나는 밥도 안 먹고 엄마를 기다리는

아이가 되어 침 꼴깍거리며
콧물도 빨아먹으며

책 속에 나오는 나무들은 다 아파 보였지만
옮길 수 없고

기다림은 거짓말보다 더 믿지 않는다.
포장이사나 구름 그리고
햇빛 따위

새의 날개를 녹이면 마음이 된다는 사실을
아직도 말하지 않은 까닭은 몸이 너무 어두웠던 것

그녀가 병원에 간 동안 나는 살기 위해
바쁘다. 목을 가슴에 푹 쑤셔 넣고
지하수에 빠져 죽은 사람도
되어보고,

몽두蒙頭[*]

그런 곳이 있다.

가고 싶은 곳이 이미 살았던 곳이어서 가끔씩
스르륵 열리는 가슴에서 흘러내리는 밤을 어쩔 줄 모르는
당신이라면, 당신 또한 당신을 못 알아볼 만큼
먼 곳

머리를 떨어뜨리면
발밑에 죽어 있던 몸이 덥석 다시 받아들까 봐
눈과 입을 끄고 물끄러미

아직도 사람이 덜된 사람을 골라 쳐다보게 된다.
이별마저 없어서 아프지도 못한
그런 곳을 가만히

여느 때와 다를 바 없는 세상 속으로
아직 아무것도 되지 못해 더욱 가정적인 걸음걸이로

마침내 나를 만져볼 사람을
만들게 된다.

〈

그녀가 문을 열고 들어섰을 때
나는 열심히 내가 지을 죄를 쓰고 있었고 어젯밤부
터 내리던
비는 여전히 내리고

그런 일들과는 아무 상관 없다는 듯 나는 분명히
말한 적이 있지만 내가 만난 사람의 대부분은
내가 만든 사람이어서 나는 끝까지
혼자가 아니어서

그것뿐이다, 나는, 나 또한 없는 곳의 바람일 뿐이어서

마침내
내가 만들다 망가뜨린 사람이 도착하고
죄를 만져보기 참 좋은 밤을 조용히
뒤적거리기 시작한다.

* 조선 시대, 죄인을 잡아 올 때 죄인의 얼굴을 가리기 위하여 머리
에 덮어씌우던 작은 천.

3부

돼지와 비

신작

등장인물이 없어서 유명해진
작품이다, 내 잠은

파격적인 정사 장면을 내세우지 않으면서도
거의 죽을 지경에 이르는
머리, 손발을 잘라낸 다음에야 열리는
입술이 전부인 내 잠의 제목은
녹슨 병따개

무덤으로 미리 갖다 놓은
베개, 그게 아니면 누군가의 심장을 걷다 벗겨져 버린
신발 때문일 것이다
아직도 땅 한 뼘 얻지 못한 나는 아무래도
꿈에서 죽었다

얼마나 깨끗하게 외로운지, 내 잠은
신작을 내지 못하고 있다

서퍼

파도를 기다리고 있다

큰 파도

어떤 파도는 너무 거짓말 같았다

동그랗게 말리는 파도의 커튼 안에서
서프보드가 요양병원 네모반듯한 병상침대로 바뀌는
동안

나는 나만 울었다 당신을 울어주지도 못했다

토막 난 갈치
잘려 나간 꼬리와 지느러미

밀려가기만 하는 파도

파도의 터널을 빠져나오는 서퍼
숨이 소금을 쟁였다
〈

피가 젖었다

다시 파도를 기다리고 있다

내가 좋아하는 먹갈치 손질을 끝낸
도마 위의 부엌칼처럼

더 큰 파도

돼지와 비

우는 사랑을 잘 먹이고 잘 입히는 마음을 쓰려다가
죽었다고 말하면 거기, 당신은 웃겠지요.

따라 웃는 사람도 많겠지요. 참 다행한 일이에요.
여기가 아니라 거기여서

당신이 웃으면 쥐도 웃을 것 같아서
나는 조마조마

또 비에게 가요. 비는 기다리는 일이 아니어서

올 때 울었으니 갈 때도 울어야지 싶은
그런 마음일 거예요.

사람이 사람을 가만히 돌멩이처럼 울어주는 일, 그
것은
단 하루 동안만이라도 우려먹고 싶은
일이어서

나는 가끔씩 돼지를 돌보는 바람 같다.

마음이 걷잡을 수 없이 커질 때마다 잡히지 않는
사람이 되고 싶어서

그런 내가 불길해질 때가 있어서

들켜서는 안 되는 잠, 요즘 들어 자주 비가 새지만
아무 말도 할 수가 없다. 그저 물끄러미
구경만 한다.

돼지도 돼지만큼 비를 올려다볼 수 있고 우산을 들고
하늘을 피할 수 있다고 생각은 하지만

돼지를 빼면 가죽만 남을 것 같은
밤, 당신과 내가 웃으면 쥐도 웃을 것 같아서

나는 몸 밖으로 나온 나의 돼지를 오래된 연인처럼
쓰다듬기 시작한다.

모탕

더 이상 살지 않는 사람처럼 누워 있습니다.

팬티 한 장 걸치지 않고

치킨가게 도마 위 닭처럼 귀신이라도 부르면 온몸을 산산조각 내 오토바이를 타고 달릴 닭처럼

누군가 믿어주지 않아서 울 수도 없는 마음을 패는 중입니다.

하늘과 친한 정인이 내려다보기라도 하는 듯이

더 이상 죽을 일이 없어 심심한 사람처럼 누워 있습니다.

영혼이 튀김옷을 입고 뒤척뒤척 소란을 피웠는지 모르겠습니다.

귀신이 베개를 머리에 괴어주었습니다.
〈

이런 내 꼴이 외로움의 전부가 아니라는 듯

고요는 물 한 잔을 떠왔습니다.

반창고

물방울 속에
앉아 있었지 노란 알약처럼

울고 있었지

물의 거짓말 같은 물방울 옆에
누군가는 햇볕을 또 누군가는
밤을 두고 갔지만

나는 아무것도 두고 갈 게 없어서 그냥 가만히
앉아 있었지 물방울이 조금씩 굴러가고
굴러떨어진다는 걸 모르고
앉아서

밥 먹고 책을 읽고
노을 가져와 보여주다가
잠도 자면서 잠 안 오면 베이컨 냄새나는
편지를 쓰면서

꿈을 꾸느니 애를 낳은 게 낫겠다며

혼자 멋쩍어도 하면서

물방울 옆에 앉아 있었지 마음이 없어진 줄 모르고
울지만 않으면 된다고 반창고처럼 물방울에
딱 붙어 있었지

물방울 속에 앉아 있던 네가
노란 알약 통통 튀기면서 이쪽으로
건너오는 줄도
모르고

바람에게 빌려준 옷이 있을 것 같아서

새로 나온 몸이 있다며
오늘은 꼭 같이 보러 가자는
내 마음을,

나는 다 알지 못한다. 이미 죽은 내가
바람에게 빌려준 옷 같아서

새 몸을 구하지 못해도 오래오래
잘살 수 있을 것 같았다.

말 잘 듣는 개의 머리를 쓰다듬듯
나는 몸이 없어 둘 곳이 없던
마음을 만져준다.

그리고 기다린다. 마음에도 없는 내가
나를 죽이러 올 때까지

더 이상 사람을 보고 놀라지 않는
귀신처럼,
⟨

새를 쫓아 달려가던 개가
점점 떠오른다.

내가 떠오르기 시작한 건
사람이 되기 전부터였을 것이다.

태어나기 전부터 집에 가고 싶었지만
나는 이미 집에 있었다.*

갈 수 있는 데까지 펄럭펄럭
가본다. 새로 구할 수 없는 마음을
데리고

* 리디아 데이비스, 「어느 포위된 집에」서 부분 변용.

당근마켓

오늘은 비가, 어제는 각시붓꽃이 봄을 그려 와서 같은 말을 했었다.

넌 당근이 너무 많아. 나는 그럭저럭 잘살고 있던 세상이 불안해진다. 사람들이, 밥 먹는 사람들이, 말하는 사람들이 두려워진다.

그런 사람이었냐고 그렇다면 지금쯤 관두는 게 여러모로 좋을 것 같다고, 그녀는 다리를 떨었다. 땅에 붙인 발끝에서 잎이 돋아날 때마다 뒤꿈치를 상하로, 나는 가만히

앉아 있었다. 의자보다 화분이 편했다.
여러모로, 란 부사에 밑줄을 긋고 새를 앉혔다. 바람이 넘기지 못한 페이지마다 한 번 더, 하고 한 발 더, 하고

울었다. 우는 게 무엇인지도 모르고 입으로 우는 건 밥 먹는 것과 같은 일이란 것도
모르는 채 시작되었다. 산책은, 그렇게

내가 태어나기 전부터

내가 가진 밤은 비를 어르고 각시붓꽃을 달래주었
지만 그녀는

밤이 없다. 눈이 멀어 본 적이 없어서, 달이 오면 사
라졌다. 토끼를 꺼내주러 달에 간다고 했다. 그걸 마
음이라고 쓰면 누에 같았다. 사람을 관둬도 괜찮을 것
같았다. 말없이 뽕잎을 바라보는 누에의 눈, 뽕잎을 갈
아먹는 누에의 입을 가졌으니까.

혈관을 비단실처럼 쥐고 아이처럼 달려갈 일만 남은
것 같은 나는
잔치국수를 죽어서도 먹을 것 같았다.

자꾸 우는 입을 당근마켓에 내놓기로 했다.

그녀와 함께 나누고 싶은 밤이 충분치 않아 나는
저승에까지 땅을 사두었다.

집을 보러 다닌 경험

화분처럼 몸을 깨뜨리고 나온 마음이 벌컥 화를 냈다.

그럴만한 충분한 이유가 있을 거라 생각했지만
나는 함부로 궁금해하지 않고 그냥 가만히
직박구리처럼 울길 기다렸다.

가끔씩은 닫힌 문이 몸보다 더 필요하고
절실했기 때문일 것이다.

나는 마음에 붙어 있던 팔과 다리와 무명이 된
얼굴을 늙은 동백나무 위에 올려놓고, 뜨겁게 박수
칠 일을
궁리했다.

이것은 내가 돌볼 수 있는 가장 정직하고 정의로운
혼밥사상˚의 뿌리, 이제 남은 것은 머리 위에 뜬구름
을 타고
수염이나 길게 늘어뜨려 보거나 장화 신고 닭 사러
가는
그림자의 기분이나 만져보는 일일까?

〈
문이 되기 위해 죽을힘을 다했던
몸이, 몸을 관두려 했던 마음이 물두꺼비처럼 새로
태어나고

뱃가죽에 달라붙은 가난이라도 열어 풀 잡기를 하듯

나는, 다음에 다시 오겠다는 말을 남기기 위해 저만치
먼저 뛰어가는 그림자의 잘린 발목을
줍기 시작했다.

과일을 혼자 먹지 마세요.
죽어요.

* 서사의 여백을 위해 만든 조어.

오래된 고요

나에게 바친 이 이야기를
나는 또 애인에게
들려준다.

이마에 도깨비 뿔이 달린 아홉 살 아이가
데리고 사는, 나는 지금 울음을 너무 많이 먹어버려서

나는, 나를 피해 혼자 집으로
가버린 사람.

조금만 더 조금만 더 멀리 가서 못다 한 사랑마저
잠잠해질 때까지 기다렸다가 뒤돌아보면

마음 근처 어딘가에 가만히
죽지도 않고 썩은 사람이 하나쯤 있으면
좋겠다, 싶었다.

차경

　당신에게 가는 내 마음에게 지어주고 싶은 이름들

　두리안*, 망고스틴, 스타애플, 사워숍, 차요테, 아테
모야, 아키
　람부탄, 카람볼라, 자부티카바, 사포딜라, 망가바,
불수감**……

　이미 죽었다 싶었는데 다시 열리고 다시 갈라지는
　부처 손가락처럼

　아무것도 하고 싶지 않은 날이 있어요.
　밥도 먹고 싶지 않은 이런 날의 마음은 생기는 게 아
니라
　열려요.

　그래요, 이름부터 내민 마음은 몸의 안쪽보다 바깥
이 더 살만하다고
　생각할지 모르지만, 문득문득 뛰어내리기 위해 절벽
을 찾는
　얼굴 서너 개쯤은 있을 듯해요.

〈

어쩌겠어요. 가끔씩 열대과일의 이름을 빌려 쓰지만 아직도 답을 구하진 못했어요.

슬리퍼라도 끌고 나가 김밥이라도 사 오고 싶은데
　포장해 들고 와야 할 한 줄에 발이 걸려 넘어질 것 같아서
　그냥 누워 있기로 해요.

도대체 누가 낳았을까요? 이런 마음은

좋은 일이든 나쁜 일이든
　몸과 함께하겠다는 말을 한 적이 없어서, 봐요, 좀 죽지도 않고 썩어버렸잖아요.

그래요, 생을 갈아엎는다고 뗏장 한 조각 덧댈 수 있을까요.
　죄 없이 지나가는 귀신들 놀래킬 일만
　남은 거죠.

* 냄새는 지옥, 맛은 천국이라는 별명을 가진 열대과일의 황제로 알려져 있다.

** 열매의 끝이 손가락처럼 갈라진 것이 부처님의 손같이 생겼다고 해서 붙여진 이름.

웃비*

어느 시골집에서 한 여자가
혼자 살았다.

  첫 문장을 이렇게 시작하는 이야기 속에서 나는 가
만히
  어미 올 때를 기다리는 아기고양이처럼 웅크린 채
  듣는다. 죽은 생선 같은 눈을 뜨고, 그녀가
  기다린 단 한 사람이 어떻게 오는지 그녀가 차려놓
은 오래된
  밥상머리에 잠시 앉아 다음 문장을
  어떻게 놓고 어떻게
  울다 가는지

  * 한창 내리다가 잠시 멈췄지만, 아직 더 올 듯한 기운이 남아 있
는 비.

놀이공원

어느 날 나는 갑자기 나를 잊어버렸다.

그날 이후 아무도 나를 궁금해하지 않았고 나 또한 그랬다. 하필이면 일요일, 놀이공원 매표소 앞 과자부스러기를 물고 개미굴로 향하는 개미행렬처럼 이어진 긴 줄 거의 끄트머리에서

나는 줄을 뚝 끊어먹은 노인이었다. 무릎이 툭 튀어나온 바지를 입은 소녀가 손에 쥐고 있던 풍선을 놓쳤고 깜짝 놀란 새들이 하늘에서 차례로 미끄러져 엉덩방아를 찧는 장면에서 아홉 살 소년으로 걷기 시작했다.

웃음을 앞세우거나 울음을 앞세우고 이따금 화를 내기도 하면서 엉덩방아 찧은 새를 주워 호주머니에 넣고 보다 참신하게 웃고 울기 위한 준비를 하는 듯 보이기도 했다. 패랭이꽃 앞에 잠시 쪼그리고 앉아 무슨 말인가를 흘려놓기도 했다.

누군가의 사랑 속으로 들어가 사람인 것을 잊어버리

겠다는 듯 아무 생각도 안 하는 순간의 기분을 구름에게 보여주기도 했다. 아홉 살 소년이 가진 그림자가 아홉 살 얼굴을 덮어버린 것은 그때였다.

먹을 만큼 먹은 나이를 꺼내 버릴 곳을 생각하고 또 생각하고 그러다 보면 놀이공원에서 발견되는, 이런 놀이기구 같은 하루는

놀이공원에 버리고 온 노인의 이마 같아서 한쪽 팔을 이순신 장군 동상에게 빌린 칼처럼 치켜든 채로 가만히

죽은 척!

죽을 때 받고 싶은 선물이 뭐야? 먼저 죽은 엄마가 물어도 말하지 않기.
사랑 같은 거 오래된 장난감 같은, 슬픔 같은 거 절대 절대로
입은 호주머니로만 사용하기.
〈

손을 내리치면 목이 달아날 것 같은 아홉 살, 회전
목마를 타고 달아나는 아홉 살 오무래미의 입을 만지
작거리던 은사시나무가 웃고 있다. 아무 죄 없이 마음
을 다친 빛의 모서리를 가져와 바닥을 쓸고 있다.

　영영 볼 수는 없지만 지금 당장은 볼 수 있습니다.

　꾹, 감은 두 눈을 열고 들어오는 흙
꼭꼭 씹어 맛있게 먹기.

4부

서로 등 돌리고 앉아서 누군가는 빵을 굽고
누군가는 빵을 먹고

다이어트

어느 날 새가
새장 문을 열고 날아올랐다 그러나 이내
더 이상 날지 못한다는 사실을 깨달은 새, 지워진 날개는
다시 그려 넣을 수 있지만 뼈를 잃는다는 것은 치명
적인 일이다
한동안 마른 나뭇가지에 앉아 울음을 삼키던 새
등 돌린 하늘에 살을 새겨 넣기 위해서는
물까지 다 버려야 한다는 걸 알게 된 새는 잠시 내
려다보던
제 그림자 위에 가만히 울음 쌓아놓고
다시 새장 문을 두드렸다 머잖아
아주 먼 길을 휘돌아오는 종소리처럼
이미 새장을 떠나버린 마음도
돌아올 것이다

서로 등 돌리고 앉아서 누군가는 빵을 굽고 누군가는 빵을 먹고

늙었다, 는 문장 위에 앉아 빵을 굽는다

아무 일도 일어나지 않는 냄새가 난다 누구에게도 들키고 싶지 않은 이야기여서 누군가는 춥고 누군가는 뜨거울 거야 뒷모습을 취소하고 싶은 사람들이 줄을 선다 그게 누구든 거울을 보면서 할 이야기는 아니어서

우주의 한구석으로 개미 떼처럼 몰린 우리 모두의 기억이 구워낸 빵이다 빵을 뜯어 먹을 때마다 그림자처럼 붙어 있던 기억이 우걱우걱 씹힌다 그게 누구든 그럴 줄 알았다

우리는 매번 빵에게 당한다

이미 지켜보고 있었던 이야기다 노후는 미래에서 오는 게 아니라
과거에서 온다

흰 잠

고민이야. 널 가지고 뭘 만들 수 있을지.

가만히 있는 나 때문에 못 살겠다는 듯 이렇게 말하는
너는 얼마나 몸에 좋은 인간일까, 하고 물어보고 싶
었지만
그냥 모르는 게 피부미용에 좋다는 듯 둘이서
같이 웃었다. 가끔씩은 웃는 게
잠 같다.

라면이라도 하나 끓여 먹을까?
살짝 올라갔던 입꼬리가 내려오기 전에
묻는다.

그래, 물고기로 만들어줘도 나쁘진 않겠다고

나는, 자꾸 까매져 잠이 떠내려가는 줄도 모르고 앉
아 있을 것 같은
너의 밤에 각별한 애정을 표하며 가스레인지 위에
물을 올린다.
김치를 꺼내며 한 번 더 웃는다. 이번엔

나만 웃는다.

마침내 식물로 살아갈 준비를 마친 것처럼

잠이 웃는 거 봤어? 아니, 우는 건 본 것 같아.

울음을 사탕처럼 입 안에 넣어 굴리다 가만히 녹일
줄 아는 너는
참 대단하다. 이미 내 잠 속에 갖다 놓았던 물건들
을 하나씩
챙겨 어디론가 옮겨놓고 있다. 나는 더 이상 뭔가로
만들어질 수 없다.

사람이 사람을 떠날 수 없다는 사실보다 더 크고 헐
렁헐렁하고
우스꽝스런 기적은 없다. 그러니까 사람을 잡아먹는 것은
사람이다. 나는 고작 이런 말을 하기 위해
태어난 사람 같다.

잠이 와.

〈

라면 물이 끓기도 전에 너는 말하고 나는 비로소 눈치챈다.

오늘 밤 네가 날 가지고 만든 것은 물고기가 아니라
파리지옥 같은 식물이었음을, 괜찮다.
그게 무엇이든. 인간성이란 걸
갖다버릴 수 있으니까.

잠은 몸의 일이 아니어서 가만히 머리맡에 놓인 베개가
영혼의 모가지 같아서 더 많은 거짓말이 필요하다는
듯 나는
이미 낡아가는 미래에 새로운 과거를
틀니처럼 끼우고

잠든 그림자를 먹어 치우기 시작한다.

나는, 나를 가지고 뭔가를 자꾸 만들려고 하는
너의 밤을 달과 나눠 갖진 않을 것이다.

기침소리
- 만성리에서

어느 날 아침 새를 기침이라고 읽었다
이건 내가 살아 있음을 동시에
이미 죽어 있음을 몰랐던 사실을 기억하는 방식

뼈가 없는 새를 가졌다.

마음이 그런 거라면 좀 더 아파야 한다고
당신은 돌아올 수 없는 사람이 되고 나는 돌아갈 수 없는
사람이 되어

걷다 보면, 또 앞서간 사람이 있어서 올려다보는
하늘 가득 끝없는 밤을 가진 자의 발자국 그리고
후두두둑 떨어지는
새를 움켜쥐는 목소리

이제 마지막이다, 다시 당신 오신다면
울음을 쌓는 일도 이젠 정말 마지막이라고 오랜 기억
속에
갇혀 있던 기도마저 내려와 기침소리를 낼 것 같은

뼈가 없어 마음에 앉아 있는 새가 있습니다.
흔들리면 살입니다. 죄입니다. 지은 적도 없는,

〈

70여 년의 세월을 나무는 새를 위해
호주머니 가득 붉은 열매를 넣고 더 이상 걷지 못할 만큼
걸었습니다.

하늘이 벽이라면 문 또한 있어서 그 어떤 벽이라도
열지 못할까
열쇠 들어갑니다. 여기, 새 들어갑니다.

왔어요, 하고 문 열고 들어서면 왔구나, 하고
기침소리를 내는

마래터널 지나 만성리에 갈 때마다 다시 태어나는
어떤 새의 밤은 무덤이라고

어떻게 뼈를 갖지 못할 만큼 아팠는지

새를 열면, 쏟아지는
기침소리

궁합

아무래도 나는 내 마음과 맞지 않다.

걸핏하면 마음과 불화를 겪는 이런 생각 곁에는
고기가 반듯하게 쓰러져 있다 나는 고기와 맞다 진심
으로
고기를 믿는다.

테이블 위에 놓인 스테이크 한 조각
아기노루 눈망울로 몸매를 여민 그녀가 나이프를 드
는 장면에서
잠시 식물복지, 알닭, 이런 것들을 떠올리기도 하지만
나는 결국 한없이 다정한 눈빛을 커튼으로 치고
입안으로 구겨 넣을 고기만 보게 되었다.

몸에 꼭 들어맞지 않는 마음은 고기를 먹고 싶지 않거나
고기를 먹고 싶은 마음과 어떻게 다를까.

고기 좋아하시나 봐요?
아뇨, 별로…….
그런데 왜 고기를?

순진하니까요.

나는 다시 태어나도 아름다운 사람이 될 수 없다는 걸
알고 있는 건지 모른다.

난 마음보다 고기가 착하니까요.

먹었던 마음 그래서 먹기 싫은 마음 또 먹고
잃었던 마음 잊었던 마음 또 잃고 또 잊고

지금 여기가 어딘가 하고 또 지나가는
한 번도 본 적이 없어서 기어코 먹어 치우고 싶은
마음

마음을 지키려는 고기의 안간힘
죽어서도 한없이 순진한

비프스테이크
같은,

나물비

일주일에 한 번
요양병원 침상에 누워만 있는
어머니를 보고 오는 날이면, 나는 밤이 빨리 오기를
기다렸다.

그렇게라도 오래오래
눈을 감고 볼 수 있는 것들을 생각했다.
더 이상 오래전부터 내가 알아왔던 당신이 아니었지만
괜찮았다. 나는 잠에서 깰 때마다
당신이 마시던 물처럼 밤을
만질 수 있었다.

달이 보이지 않는다고 밤을 떠난 것은 아니다.

목을 축이러 간 듯 달이 잠시
자리를 비운 날이면, 나는 다음 주 어머니에게 해줄 말을
더듬었다. 당신이 돌아가셨다는 말을 해야 할 때가
오기 전에 뭐라도 해야 한다고 생각했다.
〈

가령 하늘에 누워 가루눈이나 나물비*를 내리게 하거나
개나리를 하얗게 울게 하는 건 어떨까, 하고 나는
내 입에 털어 넣을 비상砒霜 한 방울을
염소젖처럼 짜내기도 했다.

어머니, 곧 먼 길이 시작될 거예요.

방풍나물처럼 달에 잠시 앉아
울다 가기로 해요.

* 흙이 엉겨 붙지 않을 정도로 조금씩 천천히 오락가락하는 비.

다른 이름으로 저장하기

의심이 많아지는 날이 있다

내가 앉아 있거나 서 있는 자리 심지어 도도새처럼
걷는 자리에 놓인
　나에 관해서라면

다른 사람이 부르는 내 노래가 되거나 물방울처럼
투명하게 봉인되기도 하는 바람, 펄펄 날리는 눈송이
가운데 하나 콕 집어 따라가면 하얀 약봉지 달고 그믐
밤을 걸어 나온 소녀가 가만히 눈사람 속에 숨겨놓은
마음이 걸어 나올 것 같은,

이런 것들을 우리는 눈에 넣고 다니면서
　눈물이라고 부르고

사랑이 먼저 걸었다! 사람보다 몇 걸음을 더 어쩌면
천년을 먼저
　몸이 가둘 수 없는 마음에 관해서라면

나는 누워 있지만 일어날 생각을 안 하는 사람처럼
그렇게 보이지만

누군가의 집 앞에 서성거리고 있거나 어딘가로 급히
뛰어갈 때도 있다

그러니까 나는 회오리바람으로 이동하는 사막을 다
른 이름으로
저장시킨 사람, 이런 것도 사랑이고 미련이라고 한
다면

누워 있는 사람과 일어날 생각을 안 하는 사람은
같은 사람이 아니라 다른 사람이다

이미 죽은 사람이거나 머잖아 죽을 사람이라고 해도
되나

나를 외롭게 하는 사람은 나와 같은 사람

사막을 걷는 회오리바람처럼

다른 사람이 같은 사람을
업고 있다

릉陵

누군가의 무릎을 베고 누워 잠들어 있는 나를 봤다.
꿈에,

비가
또 시작될 거라는데…….

땅보다 마음이 좀 더 필요하다고 생각해봐요.

수로왕릉 앞에서 떠올린 이 문장을 염소처럼 데리고
걷다가 문득
식물이 된다고 생각해봐요.

개를 데리고 앞서가는 사람의 머리가 달을 가려요.
눈을 빌려드릴게요. 개가 아니라 염소라고 생각해봐요.
어둠이 좀 더 필요하다고 생각해봐요. 눈이 없어도 어
둠은 보여요. 눈물이 좀 더 필요하다고 생각해봐요. 얼
굴을 떠난 눈물이 갈라지는 기적이 보여요. 눈이 멀수
록 뜨겁던 사랑이 돌아와 눈을 찔러요. 그림자를 나눠
드릴게요. 두 눈을 찔러도 안 보이는 게 마음이라고 생
각해봐요.

동물을 버리고나자 남는 게 입이에요. 수국이며 자귀
나무며 잎이 무성해지는 여름인데도 시들해져서는, 성

114

모요양병원에 계신 아버지 곧 죽음을 수확할 거라고 의사는 복숭아 하나를 건네며 말했다. 좋겠다, 아버지는.

  나는 오늘도 무사히 이런 생각을 하는 내가 대견해져서는
  요양병원 담장을 뒤덮은 덩굴식물처럼
  걷기.

  심장보다 높은 곳에 올려둔 마음을 부동산투기로 얻은 땅처럼 걸어보네. 날짐승들이 이리저리 파헤치다 슬그머니 잠보다 더 깊은 곳에 묻어놓았다는 믿음으로

  지금 시나 쓰고 있을 때가 아니라고 생각해봐요. 곧 시작될
  비의 이름이나 동글동글 예쁘게 지어 봐요.

  언제부터였을까. 지루한 장마의 미래를 릉陵이라고

나는 거기서 살고 있다고 생각한 것은,

시골 미용실에서 머리를 자르듯
동그랗게 비 좀 어떻게
잘라주세요.

영원

눈사람에게서 눈을 뺏어왔다

내 안에 있는 아홉 살 아이를 꼬드겨서 한 일이었다

마음은 그러라고 神이 내게 넣어준 것이었다

눈을 빼앗기고 사람이 된 눈사람이 집까지 쫓아왔다

같이 살자고 했다

여치

아무 일도 일어나지 않습니다
그녀에게도 그녀 앞이나 뒤를 새털구름처럼 지나가
는 행인들에게도 아무 일도 일어나지 않아야 하고 그
래서

나물 캐던 소녀가 멀리서 나를 보고 웃습니다 깜빡
졸았을 뿐인데
나물 파는 노인으로 몸이 바뀌었다고, 아무렇지 않
게 웃어서 아무 일도 일어나지 않고 하하 하하하

나는 나물 캐던 소녀의 마음을 만들고 있는 중입니
다 행여 나물 파는 그녀가 하얗게 질린 얼굴로 벌떡
일어나 큰일 났어요, 큰일! 이라고 소리치는 그런 일은
더듬이가
머리카락처럼 긴 여치에게나 일어날 일이라는 듯

더 이상 바스락거리지 않겠다는 듯 가만히
소쿠리에 담기는 햇살

나물 캐던 소녀가 나물 파는 그녀와 마주치는 그런

일이 일어나지 않아서
　얼마나 다행인지 모르겠다고, 하하 하하하 나는 문
득 밥 먹고 사는 일이 미안해진 얼굴로
　다시 한번 하하

　지지리도 궁상맞은 이런 생각도 사랑이라고 하하 하하
하
　아무 일도 일어나지 않아 울지도 못하는 사랑은 얼
굴 가득 담겨 말라가는 나물의 일종이 아닐까, 하고

　가만히

　나는 한 마리 여치처럼 나물 파는 노인 치맛자락 밑
에 앉아
　나물 캐던 소녀에게 들려줄 울음을
　캐고 있는 중입니다

투명
– 선작지왓[*]

저만치 몸을 걸어 나간 마음이 서 있다

눈 침침해 손톱 깎기조차 아슬한 사람이 되면
나를 떠나는 나를 하염없이 지켜보는
연인도 되고

휘몰이 돌개바람 한 번 더 깎아 그믐달 위에 올려놓듯

나는 또 죽어서도 봉분 없는 사람이 되어

종을 떠나면 다쳐서 돌아와 의자를 내어주어도
앉지 않는 종소리가 되어 다만, 기다리고 있다 돌이
킬 수 없는
사랑을 돌려주기 위해 흙먼지 날리며
달려올 소나기 몇 줄기

어떤 마음은 장례가 꼭 필요한 일이어서 나는 또
털진달래와 산철쭉 뒤에 숨은 사람이 되어

아가미를 지워버린 나는, 영원이란 바람에 업힌

120

말의 기억이 되어 처음부터 끝까지

다시 울기 위해 서 있는 돌이 되어
돌을 쌓는, 저만치 죽어서야 뼈를 드러낸
마음이라니

걷고 있다 울고
있다

* 서귀포시 영남동에 위치한 명승지. 선작지왓은 제주 방언으로 '돌
이 서 있는 밭'이라는 의미.

인공호수

내 마음이 그렇듯 당신 또한
그럴 것이다. 인공호수의 물처럼
몸을 한 번도 간 적이
없어서

내가 나를 꼭 안아줘야 할 것 같은
순간이 있다. 그런 병病이
너무 깊고 다정해서

죽음이 차오르기 시작한 머리를 가만히
양철지붕처럼 두드리는
비

녹이 슬기 시작한 부품 하나하나에
저녁노을을 입힐 때까지
식물이다, 나는

그럴 리야 없겠지만 영혼이란 게 있다면
늙은 흑염소가 덥석 물고 있는
쇠뜨기이거나 속속이풀.

〈
인공호수에서 인간을
훔쳐 왔다.

홍학

잊었다, 는 말과 잊혔다, 는 말
그 사이를 안절부절못하다 한쪽 발을 들어 올린
나는

지금

아무래도 좀 아픈 것 같다 좀 많이
외로운 것 같다

해거름이다

펼쳐 들었던 양산을 접고 마을버스에 오르는
할머니 이마 위에 떨어진 노을 한 장
벽지처럼 잘 붙어 있다

버스정류장 옆 작은 구멍가게에서
탄산음료 한 캔 사서 나오는
아이

나는 지금 아홉 살 무렵의 저녁에

숨을 내려놓고 있다

뒤돌아보면 언제 어디서나 뜨거운 감자였던
마음 한입 베어 먹고 울어볼 일이
아직 남아

겨우 사람인 척 나는
있다

마음의 현상학

이재복(문학평론가, 한양대 교수)

1. 마음의 물상物像

'인간이란 무엇인가?' 우리가 가장 많이 던지는 질문 중의 하나이다. 이 질문에 대한 답은 여전히 '잘 모른다'이다. 왜 이런 일이 벌어진 것일까? 그것은 바로 '마음' 때문일 것이다. 인간의 마음이란 오묘한 것이어서 그것을 명확하게 무엇이라고 규정하기가 불가능하다. 우리는 종종 '내 마음을 나도 잘 모른다'고 말할 때가 있다. 정말이지 우리는 내 마음의 한 치 앞도 내다보지 못하거나 헤아리지 못할 때가 많다. 이로 인해 인간은 그 존재성을 투명하게 드러내기가 어렵다. 하지만 이것은 인간을 더욱 인간답게 하는 중요한 요인으로 볼 수 있다. 이 마음으로부터 인간의 깊고 오묘한 심층의 존재성이 드러나기 때문이다.

마음이 어떤 존재성을 지니고 있는지 그 심층을 헤아리는 일은 인간을 이해하는 일인 동시에 인간이 처해 있는 세계를 이해하는 일이 된다. 인간의 이러한 마음을 섬세하게 느끼고 또 깊이 있게 들여다보는 존재가 바로 시인이다. 시인의 섬세한 감성과 깊은 인식을 통해 드러나는 세계는 우리가 쉽게 발견할 수 없는 낯선 세계라고 할 수 있다. 이렇듯 시인에게 마음은 자신이 내재하고 있는 상상력과 표현력을 극대화할 수 있는 통로이자 매개라고 할 수 있다.

마음이 흙으로 빚어졌다는 걸
알고 난 다음 날이면 뭐든 말할 수 있고
쓸 수 있을 것 같다. 그게
눈을 감을 때마다 왔다 가곤 하던
귀신인들,

백지에도 창문이 있다는 걸
이제 겨우 알았는데 자꾸만 누가
닫으려고 해요.

— 「백지」 전문

시인은 "마음"을 "흙으로 빚어"진 것으로 본다. 이것은 시인에게 새로운 발견이다. 이 발견은 시인으로 하여금 "뭐든 말할 수 있고" 또 뭐든 "쓸 수 있을 것 같"은 예감을 불러일으키게 한다. 마음이 불러일으키는 이러한 말과 글의 가능성은 그것이 "흙으로 빚어졌다는" 데서 기인한다. "흙"이란 자연스럽게 그 속으로 무엇이든지 스며들기도 하고 또 나가기도 하는 그런 존재이다. 이것은 "흙"이 막혀 있거나 닫힌 존재가 아니라 열려 있는 존재라는 것을 의미한다. 이런 점에서 "흙"은 "백지"와 등가라고 할 수 있다. "백지" 역시 "흙"처럼 열린 존재이다. 시인은 "백지"에게서 이것을 발견하고 "창문이 있다"는 말로 그것을 표현한다.

"백지"에 난 "창문"과 "흙"에 난 구멍은 모두 "마음"을 드러내는 것에 다름 아니다. 시인의 마음이 이러하다면 그것은 인위성과는 거리가 먼 어떤 자연스러움을 속성으로 한다는 것을 말해준다. 자연스럽게 흘러가면서 무언가를 끊임없이 생성하는 것이 바로 마음인 것이다. 이 마음 내에서 시인의 모든 상상과 표현이 발생한다. 마음이란 자연스러움을 기반으로 세계를 드러내기 때문에 그 세계 내에서 발생하는 현상은 각각이 주체적이고 개연적일 수밖에 없다. 가령

개가 산책을 할 때 새는 기도를 한다.

그녀가 말했고 나는 웃었다.

식물처럼

새는 왜 새가 되었는지 개는 왜 개가 되었는지 잘 모르
겠지만 새와 개는 마음이 잘 통할 것 같다. 그렇다면 나는
새와 개 사이에 놓인 커다란 구멍, 누가 돌로 구멍을 막아
놓았는지 모르겠지만

나는 말을 잘 듣지 않는 커다란 돌처럼 고개를 들어 올
리면서

새를 본다. 새는, 개와 잘 놀아줄 것 같다. 이런 생각은
가능하면 하지 않는 게 좋다는 말은 나보다 늙은 배롱나
무에게 들었다.

내가 있어도 외로워?

외롭다는 말은 마음이 식물처럼 걷는다는 말!

배롱나무는 너무 자주 머리를 긁는다.

—「식물복지」 부분

에서 발생한 하나의 사건(현상)은 '외로움'이다. 그런

데 시인은 이 '외로움'을 "마음이 식물처럼 걷는다는 말"로 규정하고 있다. 여기에서 초점은 "식물처럼"에 있다. 시인이 강조하려 한 것은 '외로움'이 은폐하고 있는 식물성이다. 식물성의 강조는 '외로움'이라는 현상에 대한 자연스러운 들추어냄을 의미한다. 꾸밈이나 거짓이 없는 자연스러움 그 자체로 드러나는 '외로움'은 마음의 한 진수를 드러낸 것으로 볼 수 있다.

마음이 "식물처럼" 되지 못하면 어떤 일도 온전히 이루어질 수 없다. 이런 점에서 볼 때 "내가 했던 대부분의 연애가 실패로 돌아간 건 태어날 때부터 식물적인 감각이 없었기 때문"이라는 고백은 의미심장한 데가 있다. 마음이 갖추어야 할 "식물적인 감각"의 부재는 단순히 어느 한 부분의 결핍을 말하는 것이 아니라 세계 전체를 온전히 이루게 하는 토대 혹은 바탕에 대한 결핍을 말하는 것이다. 마음이 갖추어야 할 "식물적인 감각"에 대한 시인의 자의식은 시편 곳곳에 드러나 있다. 「종이도자기」에서 시인은 "위로받을 수 없는" 자신의 "마음"에 대한 강한 자의식을 드러낸다. 시인은 자신의 마음을 「종이도자기」처럼 "깨지기도 하"고 "접히기도 하"는 존재로 인식한다. 시인은 그중 깨지는 것에 대한 불안을 드러낸다. 이 깨짐은 나와 세계와의 균형이 깨졌다는 것을 의미한다. 이것을 회복하기 위해, 다시 말하면 "깨지지 않기 위해" 시인은 "접는 마음"을 불러낸다.

시인이 불러낸 "접는 마음"은 언제나 '펴는 마음'과 쌍을 이룬다. 접고 폄은 주름을 이루고, 이 주름은 자연스러움의 한 표상이다. 마음이 접히고 펴지면서 "종이도자기"를 이룰 때 그것은 깨짐의 불안으로부터 벗어날 수 있다. 접고 폄은 음양의 원리로 볼 수 있다. 자연은 이 음양으로 이루어진 거대한 생성체인 것이다. 음양의 원리에 따라 어떤 일이 이루어지거나 세계가 유지될 때 그것은 지극히 자연스러운 것이라고 할 수 있다. 자연스러움의 범주와 맥락을 확장하면 이런 식의 해석도 가능할 것이다. 「다른 이름으로 저장하기」에서 시인은 "하얀 약봉지 달고 그믐밤을 걸어 나온 소녀가 가만히 눈사람 속에 숨겨놓은 마음이 걸어 나올 것 같은,//이런 것들을 우리는 눈에 넣고 다니면서/눈물이라고 부"른다고 고백한다. "눈물"이 시인에 의해 어떻게 인지되고 이해되는지를 잘 보여주고 있는 대목이다. 시인의 마음에 의해 세계에 은폐된 존재들이 하나씩 하나씩 모습을 드러낼 때 시의 지평도 그만큼 확장된다고 할 수 있다.

2. 마음과 몸

시인에게 마음은 세계를 드러내는 중심 원리이다. 이 마음을 통해 시인은 세계의 다양한 현상을 인지하고 또 이해한다. 마음에 의해서 시인이 상상하고 표현하고자 하는 것들은 차이를 드러낼 수밖에 없다. 그만큼 시인에게 마음은 중요하다. 하지만 마음의 존재 양태라든가 원리는 간단하지 않다. 마음의 복잡한 존재성은 무엇보다도 그것이 몸과의 긴밀한 관계 속에서 이루어진다는 데에 있다. 몸과 마음은 하나도 아니고 또 둘도 아닌 아주 묘한 관계로 되어 있다.

몸과 마음의 관계가 드러내는 이러한 복잡성은 그 누구도 그것을 온전히 상상하고 표현하기가 어렵다는 것을 말해준다. 마음은 눈에 보이지 않는 것이고, 몸은 눈에 보이는 어떤 형상으로 존재하는 것이다. 한없이 자유로워 보이는 마음이라고 해도 그것은 언제나 몸과의 자장 내에서 존재할 수밖에 없다. 마음과 몸, 둘 사이의 긴장 관계를 어떻게 잘 유지하느냐 하는 것은 시인의 한 덕목이라고 할 수 있다. 몸이 마음을 가둘 때, 마음이 몸을 가둘 때 혹은 몸이 마음을 열게 할 때, 마음이 몸을 열게 할 때 아니면 마음이 마음을 가두거나 열게 할 때, 몸이 몸을 가두거나 열게 할 때 등 마음과 몸의 관계는 섬세하고 복잡한 미적 감각을 그 안에 내장하고 있다.

그러니까 자꾸 몸을 흘러내리는 낡은 마음이
바람의 음식이란 사실을 눈치챈 후 나는 나를 떠났지만

아무 곳으로도 가지는 않았다.

누군가의 마음 위로 몸을 기울여 입을 쏟아내던 순간마저
나는 너도밤나무 그늘 밑에 앉아 젖은 그림자를
무릎 위에 올려놓은 듯 평화롭게 그리고 달을 잃어버린
밤처럼 가난하게

…(중략)…

둥둥 떠다니는 세상의 그림처럼 나는 더 이상
불을 피울 수 없는 구조다. 마음이라는 물감이 몸을 타고
흘러내릴 때마다 발가락이 하나씩
부풀어 올랐다.

…(중략)…

그러니까 말이에요. 몸은
그믐달 같은 마음을 데리고 빈둥빈둥 먹고살기에
참 좋은 장소죠.

– 「탕기 영감과 나」 부분

시에서 "마음"은 "몸"에 의해 규정되거나 "몸"을 통해

그 모습을 드러낸다. "몸"은 "그믐달 같은 마음을 데리고 빈둥빈둥 먹고살기에/참 좋은 장소"이고, "마음"은 "몸을 타고/흘러내"리면서 그 모습을 드러낸다. 전자든 후자든 "몸"과 "마음"이 서로 갈마드는 양상을 보이지만 그것이 더 두드러진 쪽은 후자이다. "마음"이 "몸을 타고 흘러내릴" 때마다 그 흐름에 따른 형상이 만들어지게 된다. "마음"이라는 눈에 보이지 않는 추상적인 실체가 "몸"을 통해 구체적인 생명을 얻게 되는 것이다.

마음이 마음으로서의 존재성을 잘 드러내기 위해서는 몸이 필요하다. 마음은 오묘한 만큼 그 오묘함을 잘 살려낼 수 있는 몸이 필요한 것이다. 마음의 오묘함은 은폐할 수는 있어도 그것을 사라지게 할 수는 없다. 마음은 "몸으로 확 깔아뭉개버리거나 그림자로 덮어버릴 수 있는 게"(「토끼 설명회」) 아니다. 가령 마음의 상처가 깊어지면 그것은 반드시 몸으로 드러날 수밖에 없다. 마음에 한이 서려 있으면 몸에 어두운 기운이 감돌고, 그것을 몸으로 삭여서 풀어내는 일련의 과정은 어떻게 마음이 존재하는지를 잘 보여주고 있는 예라고 할 수 있다. "마음"이 "몸을 타고 흘러내린"다고 할 때 그 흘러내림은 겉으로 드러난 상태를 의미한다기보다는 안에서 서로 갈마드는 치열한 실존적 상태를 표현한 것으로 볼 수 있다.

몸과 마음은 서로 갈등하기도 하고 또 화해하기도 하

면서 하나의 세계를 이룬다. 둘 사이의 관계는 동등한 균형이 아니라 기우뚱한 균형이다. 이 기우뚱함이 역동적으로 작용하면서 세계는 긴장을 이루게 된다. 둘 사이의 긴장이 빚어내는 아름다운 예를 「지하수」에서 발견하게 되는데, 이때의 아름다움은 기우뚱한 균형에서 비롯된 것이라고 할 수 있다. 시인은 "새의 날개를 녹이면 마음이 된다는 사실을/아직도 말하지 않은 까닭은 몸이 너무 어두웠던 것"이라고 고백한다. 여기에서 "마음"은 "새의 날개를 녹"인 것으로 이것은 "너무 어두"운 "몸"과 대비된다. "새의 날개"처럼 가벼운 "마음"과 무거운 "몸"이 긴장 관계를 유지하면서 기우뚱한 균형의 세계가 탄생한다. 사실 "마음"이 "새의 날개"처럼 되려면 어둡고 무거운 "몸" 역시 "새의 날개"처럼 되어야만 가능하다. 하지만 이렇게 되기 위해서는 "몸"과 "마음" 사이의 기우뚱한 균형이라는 과정을 거쳐야 한다.

마음과 몸의 관계에서 발생하는 이러한 미적 사건은 그의 시 곳곳에 출몰한다. 가령

새로 나온 몸이 있다며

오늘은 꼭 같이 보러 가자는

내 마음을,

〈

136

나는 다 알지 못한다. 이미 죽은 내가

바람에게 빌려준 옷 같아서

새 몸을 구하지 못해도 오래오래

잘살 수 있을 것 같았다.

말 잘 듣는 개의 머리를 쓰다듬듯

나는 몸이 없어 둘 곳이 없던

마음을 만져준다.

　　　　　　– 「바람에게 빌려준 옷이 있을 것 같아서」 부분

　에서처럼 그것은 "몸"이 없는 "마음"의 모습으로 드러
나기도 한다. "몸"이 없다면 그것은 죽음의 상태를 말하
는 것이다. 시인은 이 '몸 없음'을 "바람에게 빌려준 옷"
으로 표현한다. 시 속의 "나"는 죽었기 때문에 "몸을 구
하지 못해도 오래오래/잘살 수 있"다. "몸"이 없어 떠도는
"마음"이란 곧 혼을 말한다. 이 혼을 달래주어야 하기에
"나"는 "말 잘 듣는 개의 머리를 쓰다듬듯" 그렇게 "마음
을 만져"주는 것이다.

　몸이 없는 마음을 위로하고 달래주는 과정이 바로 제
사인데 시 속에서 그것을 주재하는 이는 바로 "나"(시인)
이다. 이런 점에서 「바람에게 빌려준 옷이 있을 것 같아

서」는 몸이 없는 마음을 위로하고 달래주는 제의의 과정으로 볼 수 있다. 죽음 혹은 죽은 이의 혼을 삶과 죽음의 문맥에서 진술하지 않고 이렇게 몸과 마음의 차원에서 진술함으로써 우리는 일장에서 체험하지 못한 낯선 체험을 하게 되는 것이다. 죽음이란 몸이 없는 상태에서 떠도는 마음(혼)을 읽어낼 때 발견할 수 있는 세계라면 그것은 우리에게 또 다른 세계에 대한 인식과 통찰을 가능하게 하는 계기를 제공한다고 볼 수 있다.

마음은 때때로 "몸을 깨뜨리고" 나오려고도 하고 또 때때로 그것은 "닫힌 문이 몸보다 더 필요하"(「집을 보러 다닌 경험」)다고 느끼기도 한다. 심지어 어떤 경우 마음은 "몸의 안쪽보다 바깥이 더 살만하다고 생각"(「차경」)하기도 한다. 무엇이 진정한 세계 이해의 방식인지, 무엇이 더 세계에 대한 진실성을 내포하고 있는지 그것에 대해 쉽게 말할 수는 없다. 다만 그럼에도 불구하고 한 가지 분명한 것은 몸과의 관계를 통해 다양하고 복잡한 모습으로 드러나는 마음의 심층을 깊이 있게 살펴보는 것은 중요하다는 사실이다. 마음이 은폐하고 있는 세계의 정수리에 도달하지 않고서는 그것의 진정한 의미를 들추어낼 수 없다.

3. 마음의 뼈

마음이 몸과 어우러져 만들어내는 세계는 복잡하고 미묘하기는 하지만 그것이 미적 감각을 함축하고 있다는 점에서 의미가 있다. 특히 마음의 복잡함과 오묘함은 눈에 보이지 않는 추상의 영역이 빚어내는 다양하고 낯선 미감을 불러일으키기에 충분하다. 하지만 그것은 어디까지나 시인의 감각이 마음의 심층에 가닿았을 때 가능한 일이다. 마음의 심층이 은폐하고 있는 세계의 전모가 온전히 드러날 때 미묘하고 낯선 미감도 따라서 드러나는 것이다.

복잡하고 미묘한 마음의 심층을 들여다보거나 그것의 중심에 가닿는 일은 어려울 수밖에 없다. 그것은 마치 드러난 현상 이면에 존재하는, 다시 말하면 드러난 현상을 가능하게 한 어떤 원인原因에 이르는 것만큼이나 어려운 일이다. 마음의 심층이 은폐하고 있는 이 중심을 시인은 "도넛"이라는 질료를 통해 제시하고 있다. 시인은

도넛 사러 갔는데
도넛은 다 팔리고 도넛 구멍만 노랗게 남아 있다.

도넛 대신 찹쌀꽈배기를 살까, 하다가 남은 구멍 몇 개
포장해달라고 했다. 선물할 거니까 되도록

도넛이 낳은 알처럼 보이게

눈을 뜨면 마음이 다칠까 봐 나는 두 눈 꼭 감은 채로
구멍과 함께 그녀에게 갔다.

희미하지만 분명히 나는 기억하고 있다. 엄마 배 속에
들앉아 있을 때
마음을 만져보고 도넛처럼 먹어본 것도 같다.

-「고마리」 부분

라고 고백한다. 시인이 주목한 것은 "도넛"의 "구멍"이
다. 그것은 "도넛"에 난 "구멍"이 "도넛"의 존재성을 드러
내기 때문이다. "도넛"은 왜 "도넛"일까? 만일 "도넛"에
"구멍"이 없다면 그것은 "도넛"일까?

시인이 보기에 "도넛"의 "구멍"은 "도넛"에서 배제되거
나 소외된 존재가 아니라 그것은 "도넛이 낳은 알"인 것
이다. "알"은 "도넛"의 정체성을 고스란히 이어받은 것이
고, 그것으로 인해 "도넛"은 생명을 이어갈 수 있는 것이
다. 이런 맥락에서 시인은 "구멍" 혹은 "알"을 "엄마 배
속에 들앉아 있을 때" "만져"본 "마음"이라고 고백한다.
시인이 "만져"본 이 "마음"은 그냥 단순한 "마음"이 아니
라 그것은 "엄마 배 속에 들앉아 있"는 "마음"인 것이다.

엄마의 몸, 그중에서도 가장 깊은 자궁 속에 있는 것이 "마음"이라면 그것은 그냥 "마음"이 아니라 "마음" 중의 "마음"인 것이다.

이렇게 시인은 "마음" 중의 "마음"을 발견하고 그것을 "마음에도 하얗게 뼈가 있다"고 말한다. 시인이 발견한 그 "뼈"는 단순히 딱딱한 물질의 차원을 넘어 "뼈아프다"를 통해 알 수 있듯이 그것은 감정의 차원을 아우른다고 할 수 있다. "마음"에도 "뼈"가 있고, 그 "뼈"를 느끼고 인식한다는 것은 시적 대상과 세계에 대한 깊이 있는 해석과 통찰이 동반된다는 것을 의미한다. 어쩌면 시인의 궁극이 이 "마음"의 "뼈"를 발견하는 데에 있는지도 모른다. 하지만 그것을 발견하기란 결코 쉽지 않다. "마음"은 쉽게 "뼈"를 드러내지 않는다. "마음"이 스스로 "뼈"를 드러낼 때는 죽음 이후이다.

저만치 몸을 걸어 나간 마음이 서 있다

…(중략)…

어떤 마음은 장례가 꼭 필요한 일이어서 나는 또
털진달래와 산철쭉 뒤에 숨은 사람이 되어
〈

아가미를 지워버린 나는, 영원이란 바람에 업힌

말의 기억이 되어 처음부터 끝까지

다시 울기 위해 서 있는 돌이 되어

돌을 쌓는, 저만치 죽어서야 뼈를 드러낸

마음이라니

걷고 있다 울고

있다

– 「투명」 부분

　시인이 "마음"의 "뼈"를 보게 된 것이 죽음 이후라는 것을 잘 말해주고 있는 시이다. "죽어서야 뼈를 드러낸/마음이라니"에서 알 수 있듯이 "마음"이 살아 있을 때는 "뼈"를 드러내 보인 적이 없음을 알 수 있다. 그나마 시인이 "마음"의 "뼈"를 발견할 수 있었던 것은 "영원이란 바람에 업힌/말의 기억이 되어 처음부터 끝까지//다시 울기 위해 서 있는 돌이 되어/돌을 쌓는" 과정이 있었기 때문에 가능했던 것이다. 이것은 누구나 "마음"이 죽은 후에 그 "뼈"를 볼 수 있는 것이 아니라는 것을 말해준다.

　시인이 찾고자 하는 그 '마음의 하얀 뼈'는 마치 '흰그늘'을 연상시킨다. 소리꾼이 한을 삭이고 삭여 그늘이 만들어지고, 다시 그 그늘에서 흰빛이 솟구쳐 올라 흰그늘이 만들어지는 경지가 바로 그것이다. 시인이 발견하려는 마음의 하얀 뼈 역시 뼈 때리는 아픔 속에서 만들어진 삶의 윤리성과 미학성이 어우러진 그런 산물로 볼 수 있다. 시가 단순한 미의 산물이 아니라 이러한 삶의 윤리성과의 관계 속에서 탄생한다는 사실을 우리는 종종 망각할 때가 있다. 그것은 "뼈가 없는 새를 가진"(「기침소리 -만성리에서」) 것만큼이나 마음 아픈 일이다. 누구나 새가 되고 싶어 하지만 그것이 가능하기 위해서는 뼈가 있어야 한다. 뼈 중에서도 하얀 뼈가 있어야 한다.

상상인 기획시선 6

새를 키우고 싶은 개가 있을 겁니다

지은이 김 룡
초판인쇄 2024년 11월 22일 **초판발행** 2024년 11월 29일
펴낸곳 도서출판 상상인 **편집주간** 황정산 **펴낸이** 진혜진
표지디자인 최혜원 **기획·마케팅** 전은빈 최유림 노혜림 정현수
책임교정 종이시계 **편집** 세종PNP
등록번호 제572-96-00959호 **등록일자** 2019년 6월 25일
주소 06621 서울시 서초구 서초대로74길 29, 904호
전화번호 02-747-1367, 010-7371-1871
팩스 02-747-1877 **전자우편** ssaangin@hanmail.net

ISBN 979-11-93093-77-1 (03810)

값 12,000원